MONSIEUR

LE COMTE DE PARIS

(NOUVELLE ÉDITION)

EN VENTE A PARIS

SOCIÉTÉ ANONYME DE PUBLICATIONS PÉRIODIQUES

13, QUAI VOLTAIRE, 13

1886

PHILIPPE, COMTE DE PARIS

M. LE COMTE DE PARIS.

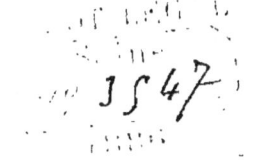

I

Les premières années.

M. le comte de Paris est né, au palais des Tuileries, le 24 août 1838.

Son père, le duc d'Orléans, le fils aîné du roi Louis-Philippe, était un prince populaire; popularité de bon aloi, qui reposait sur l'estime publique. Les hommes mêlés à la vie politique appréciaient les grandes qualités et le patriotisme de l'héritier du trône. L'armée, dont il avait partagé les travaux et les dangers dans les rudes campagnes d'Afrique, aimait sa bravoure chevaleresque. Un étranger, qui se trouvait alors en France et qui n'est pas suspect de complaisance dans ses jugements, Henri Heine, écrivait: « Le prince royal est une des plus nobles et des plus magnifiques « fleurs humaines qui se soient épanouies sur le sol de la France. » Et il ajoutait : « Il est adoré. »

Mme la duchesse d'Orléans avait charmé par sa grâce et par la distinction de son esprit tous ceux qui l'avaient approchée.

La naissance de l'enfant royal fut salué, dans le pays tout entier, avec une joie vive et sincère; elle semblait être la garantie de durée d'un régime qui donnait à la France la liberté, la richesse et la paix.

Les impressions de l'enfance sont ineffaçables : elles ont sur le caractère de l'homme une influence décisive. C'est ce qui explique et justifie l'intérêt qui s'attache aux premières années de ceux que leur naissance appelle à régner un jour. Quelques lettres de Mme la duchesse d'Orléans nous montrent l'intérieur heureux et paisible où Paris — c'est le nom que l'on donnait au petit prince dans l'intimité — s'essayait à vivre et à penser. Ses parents venaient passer auprès de lui les heures, trop courtes à leur gré, que leur laissaient les devoirs de leur position et les exigences du monde. Mme la duchesse d'Orléans écrivait : « L'âme des enfants « s'ouvre plus facilement quand nous sommes seuls avec eux. Je « tâche d'être le plus souvent possible seule avec mon fils. Aujour- « d'hui il s'endormit dans mes bras. Je le couchai sur son lit, je « lui rendis mille petits soins. Vous eussiez dû voir comme il était « caressant et tendre. Oh! que les mères bourgeoises sont heu- « reuses! » Dans une autre lettre, parlant du duc d'Orléans, elle disait : « Nous allions rejoindre les enfants à Neuilly... Nous pas- « sions la soirée dans ce jardin enbaumé de Neuilly à faire d'énor- « mes bouquets. Nous rentrions à neuf heures. On causait. La « politique du jour nous amenait au sujet favori, à la grandeur « de la France, à son influence dans le monde, à sa défense, à sa « position isolée, à la valeur morale du peuple. Je sentais l'ardeur « infatigable de cet esprit et le calme, le sang-froid admirable avec « lequel il jugeait son pays, sa position et son avenir. »

On sait quelle catastrophe inattendue enleva le duc d'Orléans (13 juillet 1842). Sa veuve se consacra toute entière à ses fils. Le comté de Paris grandit à ses côtés, sous les yeux de la reine Marie-Amélie. La nature et le milieu où elles avaient vécu avaient fait ces deux princesses fort différentes l'une de l'autre. Mais elles se ressemblaient par l'élévation morale, la pureté et la gravité des mœurs, le sentiment religieux du devoir. L'âme du prince a gardé de l'éducation qu'il reçut entre ses deux mères une empreinte profonde, et elle est restée droite et haute au milieu des épreuves de la vie.

Ces épreuves devaient commencer de bonne heure pour le comte de Paris. Il n'avait pas encore dix ans lorsque la monarchie de Juillet fut renversée. Mme la duchesse d'Orléans essaya de défendre le trône de son fils. Elle se rendit, le tenant par la main, à la Chambre des députés ; mais l'émeute victorieuse l'y suivit; des coups de feu éclatèrent dans la salle des séances envahie; les députés se dispersèrent. On sauva à grand'peine la princesse et ses enfants. Au milieu de ces scènes de violence, le comte de Paris étonna par son courage et son sang-froid ceux qui l'entouraient.

Obligée de quitter le Palais-Bourbon, la duchesse d'Orléans se réfugia à l'hôtel des Invalides. Elle y resta deux jours, pendant que des amis fidèles essayaient d'organiser la résistance et de rassembler la garde nationale. On la pressait de fuir; elle repoussait toutes les instances, inspirée par le sentiment de ses devoirs et sachant bien qu'elle défendait non un intérêt personnel, mais la cause de la monarchie libérale et la souveraineté nationale violentée par l'insurrection. « Tandit qu'il y aura, disait-elle, une seule « personne, une seule, qui soit d'avis de rester, je resterai. Je « tiens à la vie de mon fils plus qu'à sa couronne. Mais si sa vie « est nécessaire à la France, il faut qu'un roi, même un roi de « neuf ans, sache mourir. »

Comme on la suppliait de consentir à changer de vêtements pour être moins facilement reconnue si sa dernière retraite était envahie : Non, répondit-elle, si je dois être prise, « je veux être « prise en princesse. » Et l'enfant, se serrant contre elle, répétait : « Je ne veux pas partir, je ne veux pas quitter « mon pays .»

Cependant, il fallut céder. Paris, conquis par l'émeute, ne s'appartenait pas. Il n'y avait plus d'espérance à conserver ni de se-

secours à attendre. La princesse prit tristement le chemin de l'exil
Elle ne devait plus revoir la France.

II

Les années d'exil.

La révolution de 1848 avait dispersé la famille royale. Le roi et
la reine s'étaient fixés en Angleterre ; le château de Claremont,
qui appartenait à leur gendre, le roi des Belges, avait été mis à
leur disposition par ce prince. Peu à peu leurs enfants vinrent les
rejoindre et se grouper autour d'eux. Mme la duchesse d'Orléans
conduisit ses fils à leur grand-père. « La réunion, écrit à ce mo-
« ment la princesse, l'intimité avec tant d'êtres si nobles et si
« aimés consolent de bien des douleurs. J'ai la joie de voir une
« surprise générale à l'égard de mes enfants, *Paris* surtout... tout
« le monde le trouve excessivement développé et tout le monde
« en jouit avec intérêt et joie. »

Mme la duchesse d'Orléans était protestante, mais elle avait
promis d'élever ses fils dans la religion catholique ; elle tint cet
engagement avec la scrupuleuse exactitude qu'elle apportait dans
toutes les actions de sa vie. L'éducation religieuse fut donnée aux
deux jeunes princes, sous les yeux de la reine Marie-Amélie, par
l'abbé Guelle qui avait suivi des Tuileries à Claremont la
famille royale.

Au moment de la première communion du comte de Paris,
la princesse « s'unissant à son fils par la prière et par cette volonté
« bonne et droite que Dieu a bénie dans ses enfants » assistait aux

instructions de l'abbé Guelle, et c'est avec une touchante émotion qu'elle a fait dans une de ses lettres, le récit de la cérémonie religieuse à laquelle assistèrent tous les membres de la famille et de nombreux amis venus de France.

» A huit heures, dit-elle, le 20 juillet 1850, nous allâmes à la « petite chapelle française de Londres. La messe fut dite par « l'évêque catholique de Londres, le docteur Wiseman, un prêtre « très honoré par le clergé français.

« Le maintien de *Paris* fut surprenant pour son âge ; la candeur « et la dignité régnaient dans tout son être ; aussi tout le monde « en fut pénétré, non seulement le roi, qui lui dit que c'était une « des plus belles journées de sa vie, non seulement la reine et « mes frères, qui étaient profondément émus, mais les étrangers, « les indifférents, les curieux, tous étaient frappés de cet enfant « si pur, si pieux, si grave et si simple. Tout le monde pleurait « de sympathie et d'attendrissement.

« A deux heures nous nous retrouvâmes tous à la chapelle. « L'évêque revint encore. On chanta les vêpres. L'abbé Guelle fit « un discours touchant, puis *Paris*, au pied de l'autel lut à haute « voix, de l'accent le plus ferme, le renouvellement des vœux du « baptême. Enfin nous rentrâmes le cœur rempli d'actions de « grâces envers ce Dieu qui aime et bénit les enfants. »

Quelques années plus tard, nous trouvons Mme la duchesse d'Orléans établie dans une petite maison à Richmond, sur les bords de la Tamise, à quelques lieues de Londres. Le moment des études sérieuses était venu pour ses fils.

Des professeurs que la France comptait parmi ses maîtres les meilleurs et les plus distingués apportaient aux jeunes princes, restés Français dans l'exil, les traditions, le goût sévère et l'esprit libéral de la vieille Université. Les jours de congé se passaient tantôt sous les vieux arbres du parc de Claremont, tantôt à Twickenham, où M. le duc d'Aumale avait racheté la demeure habitée par son père dans un premier exil.

Les vacances étaient employées à des voyages d'instruction autant que de plaisir. On parcourait les ports, les grandes cités industrielles ou commerçantes de l'Angleterre; on entrait dans les ateliers; on descendait dans les mines. Le comte de Paris demandait sur toutes choses des explications que son esprit attentif et sérieux saisissait vite et que sa mémoire gardait fidèlement.

Plus tard, les princes, accompagnés d'un des généraux les plus braves de l'armée de l'Afrique, parcoururent les champs de bataille de l'Europe. Parfois le duc d'Aumale se joignait à ses neveux, et leur enseignait, aux lieux mêmes où de grandes actions de guerre se sont accomplies, l'histoire militaire de la France, que personne ne sait et ne raconte mieux que lui.

Ils visitèrent ainsi Nordlingen et Fribourg, où le grand Condé avait Turenne pour lieutenant; Nerwinde et Fleurus, qui ont vu passer les armées de Louis XIV et les soldats de la République; les plaines du Palatinat et de la Bavière, illustrées par les belles campagnes de Jourdan et de Moreau. Ce que les exilés cherchaient surtout dans ces pèlerinages, c'était le souvenir de la patrie. Repoussés de ses frontières et ne pouvant vivre de sa vie, ils se réfugiaient dans son passé et dans la légende immortelle de son héroïsme et de sa grandeur.

M. le comte de Paris arrivait à l'âge d'homme quand il perdit sa mère. C'était une grande douleur pour le jeune prince et un grand vide dans sa vie, car Mme la duchesse d'Orléans avait été associée à toutes ses pensées.

A la fin de l'année 1859, les deux frères partirent pour l'Orient. Ils visitèrent l'Égypte, la Syrie, Constantinople. Quelques pages détachées du journal de voyage de M. le comte de Paris ont été publiées sous ce titre : *Damas et le Liban*. Il est intéressant de retrouver dans ce volume — le premier qui soit sorti de sa plume, — les impressions d'un esprit sérieux, qui cherche toutes les occasions de s'instruire. « Les jardins de Damas, écrit-il, les marchands, « les bazars avec leur foule bigarrée, le café mystérieux et l'école « bruyante, c'est l'Orient pittoresque, l'Orient tant de fois décrit « et dont la vue charme les yeux sans instruire l'esprit. Je « redoute pour mon compte la séduction de la vie trop facile et « je voudrais toujours pouvoir me placer à un point de vue assez « élevé pour apercevoir les grands traits de la physionomie des « peuples que je rencontre, des pays que je traverse.

Tant que j'avais vu seulement notre civilisation je ne pou- « vais distinguer ce qui appartient à notre époque, à notre « nation de ce qui procède de la nature de l'homme. En com- « parant ici deux sociétés différentes dans la forme, semblables « dans le fond, j'apprends à discerner le caractère humain des « types particuliers qui nous entourent. Aussi je trouve plus inté- « ressant de rechercher l'influence de la situation d'une ville sur « son histoire, sur les mœurs de ses habitants que de m'attacher « à son aspect extérieur. »

Un an plus tard, M. le comte de Paris s'embarquait pour l'Amérique. Désireux de se soustraire à l'inaction de l'exil et de connaître ces émotions viriles de la vie de soldat, qui trempent fortement le caractère en même temps qu'elles élèvent l'âme, il allait ainsi que son frère, s'engager dans l'armée des États-Unis. Le prince de Joinville accompagnait ses neveux.

La guerre civile qui venait d'éclater en Amérique mettait en
péril l'existence de la Confédération des États-Unis. Une question
plus haute, et qui n'était pas exclusivement américaine, se trouvait également en jeu: le triomphe de l'armée au milieu de
laquelle M. le comte de Paris prenait place devait amener l'abo-
lition de l'esclavage, Un prince libéral ne pouvait mettre son épée
au service d'une plus noble cause.

M. le comte de Paris s'est fait l'historien de cette guerre dont il
a été le soldat. Mais son livre ne peut nous servir pour l'étude
que nous avons entreprise, car il ne s'y met jamais en scène. C'est
par d'autres témoignages que l'on sait la part qu'il a prise à ces
marches dans les bois, au milieu des marais, à ces combats que
le courage et la ténacité de la race anglo-saxonne rendaient aussi
meurtriers que les grandes rencontres qui ont décidé du sort de
l'Europe.

L'une de ces batailles dura cinq jours. Les vétérans qui ont
survécu à ces luttes acharnées se rappellent l'intrépidité du jeune
officier d'état-major qui se jetait dans la mêlée, le sabre à la
main, « montrant — comme le dit l'historien Lestoilé en par-
« lant d'un de ses ancêtres, — qu'il était vraiment Bourbon de
« cœur et de race. »

Le général Mac Clellan, commandant en chef de l'armée dans
laquelle servaient les deux princes, a tracé de ses anciens aides de
camp le portrait suivant:

« A la bataille de Grines-Mill où j'ai vu le comte de Paris au
« feu, il s'est conduit en homme parfaitement maître de lui-même
« et a montré un courage si plein de simplicité que je me rappelle
« avoir été fortement impressionné par son attitude. C'était celle

« d'un homme sérieux, vaillant et religieux dans un moment
« d'épreuve. Le jeune duc de Chartres était alors un sabreur im-
« pétueux cherchant le danger pour l'amour du danger, et
jamais il n'était plus heureux que lorsqu'il se trouvait au feu.

« ... Ils ne le cédèrent à personne pour l'entrain, le tact, le
« courage et l'intelligence qu'ils apportaient dans l'accomplisse-
« ment de leur tâche. Loin de témoigner aucun désir d'éviter les
« services ennuyeux, fatiguants, ou dangereux, ils les recher-
« chaient toujours ; ils n'étaient jamais si contents que lorsqu'un
« service de ce genre leur était confié et ne manquaient pas d'y
« déployer les grandes qualités d'une race de soldats.

« Leur conduite était caractérisée par un amour inné de la vie
« militaire, par un désir ardent de se perfectionner dans la pro-
« fession des armes par la pratique réelle de la guerre sur une
« grande échelle et par un dévouement absolu au service. En
« outre, ils étaient avec nous de tête et de cœur à l'heure de nos
« épreuves et je crois qu'après leur patrie le pays qu'ils aiment
« le plus est le nôtre, celui pour lequel ils ont si généreusement
« et si souvent exposé leur vie sur les champs de bataille. »

En 1864, M. le comte de Paris, rentré depuis deux ans en Angleterre, épousa la princesse Isabelle d'Orléans, fille de son oncle, le
duc de Montpensier.

La jeune princesse était charmante, mais M. le comte de Paris
n'avait pas été seulement séduit par sa grâce et par sa beauté ; il
avait apprécié sa haute intelligence, la vivacité de son esprit et les
sérieuses qualités de son âme.

A partir de ce moment jusqu'à la fin des années d'exil, la vie du
prince fut partagée entre les devoirs de la famille et l'étude. Pen-

dans ses voyages dans les grandes villes manufacturières de l'Angleterre, son attention s'était portée sur la situation de l'industrie et les conditions du travail. Les associations ouvrières l'avaient particulièrement intéressé. En 1868, il publia sur l'organisation et l'histoire de ces sociétés, alors peu connues en France, un livre qui fut très remarqué.

Tous ceux qui ont lu sans parti pris ce volume ont été frappés, non seulement de la puissance de travail, de la variété deconnaissances et de la sûreté de jugement qu'il révèle, mais surtout de la liberté d'esprit avec laquelle le prince examine et discute les graves questions qui faisaient l'objet de son étude.

Sa conclusion mérite d'être citée :

« Le progrès social des classes ouvrières, dit-il, et la solution « pacifique des grandes questions qui s'y rattachent sont, dans « tous les pays, indissolublement unis à la liberté politique. »

Puis il explique comment, en Angleterre, la liberté, largement et sincèrement pratiquée, a fait disparaître les sociétés secrètes, inspiré à toutes les classes le respect de la loi, et forcé les volontés les plus rebelles à reconnaître la puissance de l'opinion publique et à s'incliner devant elle.

Et il ajoute :

« En montrant l'influence de la liberté politique sur les questions « sociales en Angleterre, nous croyons avoir cité un exemple en- « courageant pour ceux qui se préoccupent de ces mêmes ques- « tions en France...

« La liberté et la publicité, ces garanties tutélaires de la justice, « peuvent seules effacer les traces des terribles malentendus qui « ont éveillé chez les uns tant d'alarmes, chez les autres tant de « vaines illusions. »

En même temps qu'il achevait ce livre, M. le comte de Paris commençait la publication d'une histoire de la guerre civile en

Amérique, qui a rendu son nom très populaire aux États-Unis. La grande République — fort différente de la nôtre — ne craint pas de reconnaître le mérite d'un prince, et s'honore de l'avoir pour historien, après l'avoir compté parmi ses soldats.

Pour nous, ce qui fait l'intérêt principal de cet ouvrage, c'est qu'il nous montre combien M. le comte de Paris est familier avec les questions militaires et tout ce qui se rattache à l'organisation aussi bien qu'à la conduite des armées.

L'exil approchait de son terme, mais il réservait encore à M. le comte de Paris une épreuve — la plus cruelle de toutes — la douleur de voir la France envahie, sans qu'il lui fût permis de se joindre à ceux qui s'armaient pour la défendre.

Aussitôt après le 4 Septembre, lorsque l'ennemi vainqueur marchait sur Paris, les princes d'Orléans étaient accourus, demandant au gouvernement de la Défense nationale, une place dans les rangs de l'armée et offrant de retourner en exil lorsque le dernier coup de fusil aurait été tiré. Les sectaires incapables qui accueillaient avec empressement tous les aventuriers de l'Europe et tous les révolutionnaires cosmopolites, refusèrent à des Français, dont l'honneur et le patriotisme ne pouvaient être mis en doute, le droit de combattre pour leur patrie.

III

Retour en France.

L'Assemblée nationale rouvrit aux princes les portes de la France et leur rendit une partie de leurs biens, dont l'Empire s'était emparé en 1852.

A cette époque, par une monstrueuse violation du droit de propriété, un décret avait prononcé la confiscation de tous les biens qui composaient la fortune particulière du roi Louis-Philippe. Une partie des immeubles ainsi confisqués avait été vendue au profit de l'État, et il n'est pas douteux qu'on aurait dû en restituer le prix aux princes d'Orléans, si on leur avait appliqué le principe en vertu duquel on a indemnisé les victimes du 2 Décembre. Mais ils ne réclamèrent rien de semblable; ils firent l'abandon des millions dont ils avaient été ainsi spoliés. — C'était la moitié de leur fortune — et on leur restitua seulement les propriétés qui n'avaient pas été vendues, qui existaient encore en nature et qui pouvaient par conséquent leur être rendues sans qu'il en coûtât rien au trésor public.

M. le comte de Paris rentra ainsi en possession du château d'Eu. C'est là qu'il établit sa résidence. C'est de là qu'il partit en 1873 pour aller faire visite à M. le comte de Chambord et pour accomplir la réconciliation des deux branches de la maison de Bourbon, réconciliation de famille que les princes désiraient depuis longtemps et que le roi Louis-Philippe avait conseillée avant de mourir.

Nous n'avons pas à nous étendre longuement sur l'entrevue de Frohsdorff: on en a rappelé les souvenirs à propos d'événements tout récents, et l'on a publié à nouveau le texte de la déclaration par laquelle M. le comte de Paris, en abordant M. le comte de Chambord, marquait le caractère et la portée de leur entrevue. Il venait — déclinant toute compétition personnelle — saluer le chef de la Maison de France et le représentant du principe monarchique; mais, en reconnaissant les droits de M. le comte de Chambord, il n'abjurait ni les principes dans lesquels il avait été élevé, ni les convictions libérales de toute sa vie.

Devenu aujourd'hui la personnification du principe monarchique en France, M. le comte de Paris, pour rester le représentant de la royauté *moderne* — qui est, suivant nous, la plus sûre

garantie de l'ordre et la forme la meilleure de la liberté politique
— n'a rien à désavouer de ce qu'il a dit à Frohsdorff.

Au moment où il revenait de son voyage, le service militaire
obligatoire pour tous venait d'être organisé.

Invoquant ses droits de citoyen pour remplir ses devoirs envers
la patrie, le comte de Paris réclama sa place dans l'armée nationale. On le vit suivre assidûment les grandes manœuvres et don-
ner à tous l'exemple de la régularité dans le service. Il pense
qu'on ne déroge pas en servant son pays et qu'il n'y a point de
plus grand honneur que de porter l'épaulette d'officier dans l'armée française.

IV

Le château d'Eu.

Le château que M. le comte de Paris habite pendant la plus
grande partie de l'année, s'élève au sommet d'un côteau qui do-
mine la vallée de la Bresle. Une des façades est tournée vers la
ville d'Eu, dont elle n'est séparée que par la cour d'honneur;
l'autre façade donne sur les jardins, au delà desquels la vue em-
brasse de vastes prairies, la ville du Tréport et la mer.

Cette belle demeure est peuplée de souvenirs historiques. Con-
struite par le duc François de Guise, le grand homme de guerre
qui défendit avec succès Metz contre toutes les forces de l'Allema-
gne, et qui reprit Calais sur les Anglais, elle fut plus tard la propriété de la grande Mademoiselle, la petite fille d'Henri IV, qui
la restaura et l'embellit. Le roi Louis Philippe y reçut la reine
d'Angleterre qui, dans le journal de sa vie, décrit ainsi le château:

« ... La matinée était ravissante et le son lointain des cloches
« me rappelait que c'était dimanche...

« La maison est fort jolie... Les portraits de famille sont innom-
« brables. La petite chapelle est admirable, avec des vitraux peints,
« des statues de saints, un vrai bijou !...

« ... A deux heures, nous sommes partis tous en char à bancs.
« Albert assis en avant avec le roi, ensuite moi avec la reine, pour
« laquelle je me sens une tendresse filiale, et derrière nous les
« princesses. Nous sommes arrivés à Sainte-Catherine, rendez-
« vous de la chasse, cet endroit de la forêt est charmant... Nous
« nous sommes mis à table sous les arbres pour le déjeuner. C'était
« si joli, si gai, si champêtre, et la rapidité avec laquelle tout avait
« été arrangé était merveilleuse...

« ... J'étais assise entre le roi et Aumale. Je me sens si heureuse
« et si gaie ! L'entrain et la vivacité du roi me charment et m'a-
« musent.

Abandonné de 1848 à 1871, le château a retrouvé aujourd'hui
l'animation et la vie. M. le comte de Paris y a fait exécuter des
travaux considérables. Il a agrandi le parc, qui est un des plus
beaux de France. Son concours est assuré à toutes les œuvres
utiles intéressant le pays. C'est ainsi qu'il a contribué pour des
sommes considérables aux travaux entrepris pour améliorer le
port et les bassins du Tréport, et qu'il a fait établir un champ de
courses et un champ d'entraînement dans les prairies qui lui appar-
tiennent auprès de cette ville. Mme la comtesse de Paris a fondé des
écoles qu'elle entretient à ses frais et dont elle s'occupe assidûment.

Tous les matins, le château s'éveille dès la première heure. Le
prince va voir ses ouvriers ou bien il s'enferme dans son cabinet,
pour mettre au courant sa volumineuse correspondance ou pour
écrire un chapitre de son *Histoire de la guerre d'Amérique*.
Mme la comtesse de Paris inspecte ses écoles et visite ses pauvres.
Les enfants travaillent. .

Le premier coup de cloche du déjeuner réunit toute la famille. Voici venir l'aînée des enfants, la princesse Amélie, une grande et belle jeune fille, toute distinction et toute grâce ; le duc d'Orléans, plein de feu, de vivacité et d'esprit; la charmante princesse Hélène, qui rappelle d'une manière frappante sa grand'mère, Mme la duchesse de Montpensier; la petite princesse Isabelle, qui accourt du jardin, les mains pleines de fleurs, dans l'épanouissement de ses cinq ans ; enfin, la dernière venue, un *baby* que l'on porte encore et qui ne sait que sourire en tendant ses petits bras [1].

A une heure — soleil ou pluie — les chevaux piaffent dans la cour. Mme la comtesse de Paris monte remarquablement à cheval. Elle se plaît aux longues courses, dans le grand air vif et un peu âpre qui monte de la mer. Tous ceux des enfants qui peuvent se tenir en selle sont de la partie. Alors c'est une envolée joyeuse vers la forêt, un galop sans fin dans les longues allées, sous les vieux hêtres deux fois séculaires. A la traversée des villages, les habitants sortent sur le pas de leurs portes et saluent avec une bonne humeur cordiale *les voisins* qu'ils ont appris à connaître et à aimer.

Il y a souvent des hôtes au château. La plus grande dame de France leur en fait les honneurs avec une simplicité affable. Ame vraiment royale et trop haut placée pour connaître l'orgueil, Mme la comtesse de Paris n'est fière que de ses enfants, qu'elle a élevés elle-même et qui ne la quittent jamais.

---

1. Depuis le moment où ces lignes ont été écrites la famille de M. le comte de Paris s'est accrue d'un fils, le prince Ferdinand.

S. A. R. la princesse Marie-Amélie est aujourd'hui mariée à S. A. R. le duc de Bragance, prince héritier du trône de Portugal.

Pendant le séjour qu'il a fait à Paris, le duc de Bragance a charmé par la distinction et la vivacité de son esprit, tous ceux que ont eu l'honneur de s'entretenir avec lui. (*Note de l'éditeur.*)

V

L'homme et le prince.

M. le comte de Paris est de haute taille. La tournure est élégante et jeune ; l'allure, vive et décidée ; le front, large et découvert. Les yeux — très bleus — brillent d'intelligence et de bonté· Il y a un portrait de lui peint par Winterhalter en 1845, portrait que la gravure a reproduit. Le petit prince est debout, tenant à la main un grand chapeau dont il laisse traîner à terre les plumes blanches. Ce qui frappe dans ce portrait, ce sont les yeux — encore ressemblants aujourd'hui. Le visage mâle et sérieux de l'homme a gardé le regard honnête et souriant de l'enfant.

Fidèle aux souvenirs de sa jeunesse, le comte de Paris vit au milieu des portraits de famille, des tableaux qui reproduisent les principaux épisodes des campagnes de son père et de ses oncles en Algérie. Deux miniatures, représentant le duc et la duchesse d'Orléans, sont constamment devant ses yeux, sur sa table de travail. Non moins fidèle à ses amitiés, il n'a perdu de vue aucun de ceux qui, pendant les lourdes années de l'exil, venaient le trouver en Angleterre. Il n'en est pas un seul qui, dans une heure de joie ou de tristesse, n'ait reçu quelque marque d'intérêt, quelque attention délicate et touchante de ce cœur qui n'oublie jamais.

Si le prince, sur les champs de bataille de la guerre d'Amérique, a fait preuve d'une intrépidité que rien n'étonne, il a montré à Vienne autant de tact que de décision au milieu des incidents qui ont suivi la mort de M. le comte de Chambord. Esprit d'une haute portée, tout à la fois très énergique et très réfléchi, il ne néglige rien pour se renseigner et s'éclairer avant de s'arrêter à un parti. Sa résolution, une fois formée, est inébranlable. Il ne sera influencé par personne. Il écoute avec une égale attention l'avis des personnages les plus considérables et l'opinion de ses plus humbles amis, puis il prend sa détermination avec un sens droit et juste et une remarquable liberté de jugement. Dès qu'il entrevoit un devoir à remplir, il y court ainsi qu'il courait à la charge dans les plaines de la Virginie. On peut dire de lui comme de son aïeul Henri IV qu'il est « le premier dans le conseil et le premier dans l'action ».

Tel est ce prince, qui aurait été remarqué et se serait mis hors de pair, dans quelque condition que le sort l'eût placé. Tel l'ont fait aussi les événements au milieu desquels il a vécu, le sang qui coule dans ses veines, les exemples de ceux qui ont entouré son berceau, formé et guidé sa jeunesse, et dont les noms sont une de nos gloires nationales.

Descendant de ces rois qui, à la pointe de leur épée, ont fait la France, et qui avaient attaché à leur couronne ces deux perles sans prix, l'Alsace et la Lorraine, que d'autres ont perdues, il sait que les princes de sa race n'ont cherché leur illustration que dans la grandeur du pays, et c'est en épelant l'histoire de sa famille qu'il a appris le dévouement à la patrie.

Quel enseignement, en effet, qu'une visite au musée de Versailles, lorsque le roi Louis-Philippe conduisait par la main dans les longues galeries ce prince royal de huit ans, et, après lui avoir montré Henri IV à Ivry et Louis XIV dans les lignes devant Valenciennes, l'arrêtait avec complaisance dans la salle où Horace Vernet venait de peindre en traits immortels les campagnes de la jeune armée et l'héroïsme de ses chefs. Cet officier debout dans la tranchée d'Anvers et devant la brèche de Constantine, c'est le duc de Nemours. Cet amiral à son banc de quart sous le feu des batteries de Tanger, c'est le prince de Joinville. Ce général de vingt-trois ans, qui se jette avec une poignée de cavaliers sur la smalah d'Ab-el-Kader, aussi peuplée qu'une grande ville et défendue par cinq mille réguliers, c'est le duc d'Aumale. Et le vieux roi — le roi de la paix, — qui voulait faire de son petit-fils un prince patriote, et non un prince belliqueux, voyant les yeux de l'enfant briller devant ces tableaux de batailles, s'empressait de lui dire : « Souviens-toi que c'est la France qu'il faut aimer par-dessus tout ; « il faut l'aimer plus que la gloire. »

Le prince est devenu depuis lors l'aîné de la famille, le chef de la Maison royale. Il est digne de la France, digne du nom qu'il porte si grand que soit ce nom ; digne des destinées qui l'attendent, si hautes qu'elles puissent être.

Novembre 1883.

PARIS. — IMP. DE LA SOCIÉTÉ ANONYME DE PUBLICATIONS PÉRIODIQUES, P. MOUILLOT. — 66548.